절망이 벤치에 앉아 있다

KB109992

절망이 벤치에 앉아 있다

자크 프레베르

김화영 옮김

LE DÉSESPOIR EST ASSIS SUR
UN BANC
Jacques Prévert

차례

이토록 행복하고

이토록 즐겁고

또 이토록 하찮은

어둠 속에서 어린애처럼 두려움에 떨지만

한밤에도 태연한 어른처럼 이토록 자신 있는

이 사랑은

LA BELLE SAISON

À jeun perdue glacée
Toute seule sans un sou
Une fille de seize ans
Immobile debout
Place de la Concorde
À midi le Quinze Août.

아름다운 계절

빈 속에 길 잃은 채 싸늘해진
외롭고 무일푼인
열여섯 살 소녀가
꼼짝 않고 서 있는
콩코르드 광장
정오 8월 15일

ALICANTE

Une orange sur la table
Ta robe sur le tapis
Et toi dans mon lit
Doux présent du présent
Fraîcheur de la nuit
Chaleur de ma vie.

알리칸테*

탁자 위에 오렌지 한 개
양탄자 위에 너의 옷
내 침대 속에 너
지금의 감미로운 선물
밤의 신선함
내 삶의 따뜻함.

● 알리칸테: 스페인의 지중해에 면한 항구. 프레베르의 작품 속에 등장하는
지명 중에서 프랑스 다음으로 가장 빈번한 것이 스페인의 도시들이다.
여기서는 삶의 기쁨과 관련되어 있지만 스페인 내란 때의 참담한 경험과
관련되는 경우도 많다.

POUR TOI MON AMOUR

Je suis allé au marché aux oiseaux

Et j'ai acheté des oiseaux

Pour toi

mon amour

Je suis allé au marché aux fleurs

Et j'ai acheté des fleurs

Pour toi

mon amour

Je suis allé au marché à la ferraille

Et j'ai acheté des chaînes

De lourdes chaînes

Pour toi

mon amour

Et puis je suis allé au marché aux esclaves

Et je t'ai cherchée

Mais je ne t'ai pas trouvée

mon amour

너를 위해 내 사랑아

나는 새 시장에 가 보았지
그리고 나는 새를 샀지
너를 위해
내 사랑아
나는 꽃 시장에 가 보았지
그리고 나는 꽃을 샀지
너를 위해
내 사랑아
나는 고철 시장에 가 보았지
그리고 나는 쇠사슬을 샀지
무거운 쇠사슬을
너를 위해
내 사랑아
그러곤 나는 노예 시장에 가 보았지
그리고 나는 너를 찾아 헤맸지만
너를 찾지 못했단다
내 사랑아

PATER NOSTER

Notre Père qui êtes aux cieux

Restez-y

Et nous nous resterons sur la terre

Qui est quelquefois si jolie

Avec ses mystères de New York

Et puis ses mystères de Paris

Qui valent bien celui de la Trinité

Avec son petit canal de l'Ourcq

Sa grande muraille de Chine

Sa rivière de Morlaix

Ses bêtises de Cambrai

Avec son océan Pacifique

Et ses deux bassins aux Tuilleries

Avec ses bons enfants et ses mauvais sujets

Avec toutes les merveilles du monde

Qui sont là

하느님 아버지[*]

하늘에 계신 우리 아버지
거기 그냥 계시옵소서
그러면 우리도 땅 위에 남아 있으리다
땅은 때때로 이토록 아름다우니
뉴욕의 신비도 있고
파리의 신비도 있어
삼위일체의 신비에 못지아니하니
우르크의 작은 운하[**]며
중국의 거대한 만리장성이며
모를레의 강이며
캉브레의 박하사탕[***]도 있고
태평양과
튈르리 공원의 두 분수도,
귀여운 아이들과 행실 나쁜 사람들도
세상의 모든 신기한 것들과 함께
여기 그냥

---

* '우리들의 아버지'라 직역할 수 있는 이 라틴어 제목은 주기도문을 뜻한다.
** 우르크 운하: 프랑스의 우르크강은 마른강과 합류하도록 되어 있으나
80킬로미터에 달하는 아름다운 우르크 운하로 연결되어 있어 센강과도 만난다.
*** 프랑스의 강 이름인 모를레와 지명인 캉브레는 시운(詩韻)의 효과를
위하여 선택된 듯하다. 물론 시인이 사랑하는 가난한 고향 브르타뉴에 있는
모를레강은 개인적인 애착과 무관하지 않다. 캉브레의 박하사탕(bêtises)은
못난이의 바보짓이라는 뜻도 아울러 내포하고 있다.

Simplement sur la terre

Offertes à tout le monde

Éparpillées

Émerveillées elles-mêmes d'être de telles merveilles

Et qui n'osent se l'avouer

Comme une jolie fille nue qui n'ose se montrer

Avec les épouvantables malheurs du monde

Qui sont légion

Avec leurs légionnaires

Avec leurs tortionnaires

Avec les maîtres de ce monde

Les maîtres avec leurs prêtres leurs traîtres et leurs reîtres

Avec les saisons

Avec les années

Avec les jolies filles et avec les vieux cons

Avec la paille de la misère pourrissant dans l'acier des canons.

누구에게나 손에 닿도록
땅 위에 널려 있어
제가 그토록 신기한 존재란 점이
신기해서 어쩔 줄 모르지만
예쁜 처녀가 옷 벗은 제 몸 차마 못 보이듯
저의 그 신기함을 차마 인정 못 하고
이 세상에 흔해 빠진 끔찍한 불행은
그의 용병들과
그의 고문자들과
이 세상 나으리들로 넘치고
나으리들은 그들의 신부, 그들의 배신자, 그들의 폭도들
    더불어 넘치고*
네 계절도 있고 해[年]도 있고
어여쁜 처녀들도 늙은 머저리들도 있고
대포의 무쇠 강철 속에서 썩어 가는 가난의 지푸라기도
    있습니다.**

---

  * 나으리(maîtres), 신부(prêtre), 배신자(traître) 그리고 용병(reître)은 다 같이 마지막 음절이 같다. 실제로 프레베르에게 이들은 세상의 소박한 인간 본연의 행복을 파괴하는 사람들이라는 점에서도 일치한다.
  ** 반전주의자인 프레베르는 전쟁 무기의 차고 단단한 금속성 질감과, 자연물이며 부서지기 쉽고 인간적인 지푸라기(농사꾼, 가난한 사람들, 혹은 짚으로 짠 거적)의 감각과 가난을 대비시키고 있다.

RUE DE SEINE

Rue de Seine dix heures et demie

le soir

au coin d'une autre rue

un homme titube... un homme jeune

avec un chapeau

un imperméable

une femme le secoue...

elle le secoue

et elle lui parle

et il secoue la tête

son chapeau est tout de travers

et le chapeau de la femme s'apprête à tomber en arrière

ils sont très pâles tous les deux

l'homme certainement a envie de partir...

de disparaître... de mourir...

mais la femme a une furieuse envie de vivre

et sa voix

sa voix qui chuchote

on ne peut pas ne pas l'entendre

c'est une plainte...

un ordre...

센가

센가(街)의
저녁 열시 반
어느 다른 길과 만나는 모퉁이에
한 남자가 비틀거린다……
모자를 쓰고
바바리코트를 입은
한 젊은 남자가
어떤 여자가 그를 흔든다……
그녀가 그를 흔들며
그에게 말을 한다
그는 머리를 흔든다
그의 모자는 삐딱하게 씌워져 있고
여자의 모자는 뒤로 넘어지려 한다
그들은 둘 다 몹시 창백하다
남자는 분명 가 버리고 싶어 한다……
사라져 버리고…… 죽어 버리고 싶어 한다……
그러나 여자는 미치도록 살고 싶다
그녀의 목소리
그녀의 속삭이는 목소리를
안 들을 수가 없다
그것은 탄식……
명령……

un cri…

tellement avide cette voix…

et triste

et vivante…

un nouveau-né malade qui grelotte sur une tombe

dans un cimetière l'hiver…

le cri d'un être les doigts pris dans la portière…

une chanson

une phrase

toujours la même

une phrase

répétée…

sans arrêt

sans réponse…

l'homme la regarde ses yeux tournent

il fait des gestes avec les bras

comme un noyé

et la phrase revient

rue de Seine au coin d'une autre rue

la femme continue

sans se lasser…

continue sa question inquiète

절규……
목소리는 너무나도 간절하고……
또한 슬프고
또한 생기 있으니……
겨울 묘지의 무덤 돌 위에서
떨고 있는 병든 갓난아기……
손가락이 문틈에 낀 어떤 존재의 외침……
하나의 노래
하나의 문장
언제나 똑같은
하나의 문장
쉬임 없이
대답도 없이……
되풀이되는……
남자는 그녀를 바라본다 그의 눈이 돌아간다
그가 물에 빠진 사람처럼
두 팔로 몸짓을 하자
말이 되살아난다
센가 어느 다른 길과 만나는 모퉁이에서
여자는 계속한다
지칠 줄도 모르고……
불안한 그녀의 질문을 계속한다

plaie impossible à panser

Pierre dis-moi la vérité

Pierre dis-moi la vérité

je veux tout savoir

dis-moi la vérité…

le chapeau de la femme tombe

Pierre je veux tout savoir

dis-moi la vérité…

question stupide et grandiose

Pierre ne sait que répondre

il est perdu

celui qui s'appelle Pierre…

il a un sourire que peut-être il voudrait tendre

et répète

Voyons calme-toi tu es folle

mais il ne croit pas si bien dire

mais il ne voit pas

il ne peut pas voir comment

sa bouche d'homme est tordue par son sourire…

il étouffe

le monde se couche sur lui

et l'étouffe

치료할 길 없는 상처
피에르 사실대로 말해 봐
피에르 사실대로 말해 봐
난 모두 다 알고 싶어
사실대로 말해 봐……
여자의 모자가 떨어신다
피에르 나는 모두 다 알고 싶어
사실대로 말해 봐……
어리석고 거창한 질문
피에르는 뭐라고 대답해야 할지 알 수가 없다
정신이 없다
피에르란 이름의 청년은……
그는 아마도 웃음을 건네주고 싶을 거다
그래서 거듭 말한다
이것 봐 진정해 정신이 나갔군
그러나 제대로 말한 것 같지 않다
저의 입이 어찌하여 웃음으로 뒤틀렸는지……
그는 알지 못한다
그는 알 수가 없다
숨이 막힌다
세상이 그의 위로 내려앉으며
목을 조인다

il est prisonnier

coincé par ses promesses…

on lui demande des comptes…

en face de lui…

une machine à compter

une machine à écrire des lettres d'amour

une machine à souffrir

le saisit…

s'accroche à lui…

Pierre dis-moi la vérité.

그는 제가 한 맹서에
발목 잡힌 포로……
해명하라고 다그친다……
그의 앞에는……
계산하는 기계
연애편지를 쓰는 기계
아픔을 느끼는 기계가
그를 붙잡는다……
그에게 매달린다……
피에르 사실대로 말해 봐.

LE CANCRE

Il dit non avec la tête

mais il dit oui avec le cœur

il dit oui à ce qu'il aime

il dit non au professeur

il est debout

on le questionne

et tous les problèmes sont posés

soudain le fou rire le prend

et il efface tout

les chiffres et les mots

les dates et les noms

les phrases et les pièges

et malgré les menaces du maître

sous les huées des enfants prodiges

avec des craies de toutes les couleurs

sur le tableau noir du malheur

il dessine le visage du bonheur

열등생

그는 머리로 아니라고 말한다
그러나 가슴으로는 그렇다고 말한다
그는 제가 좋아하는 것에게는 그렇다고 하고
그는 선생에게는 아니라고 한다
그는 자리에서 일어서고
선생은 그에게 질문을 한다
별의별 질문을 한다
문득 그는 폭소를 터뜨린다
그리고 모든 것을 다 지워 버린다
숫자도 단어도
날짜도 이름도
문장도 함정도
선생님의 위협에도 아랑곳없이
우등생 아이들의 야유 속에서
모든 색깔의 분필들을 집어 들고
불행의 흑판에
행복의 얼굴을 그린다

LE RETOUR AU PAYS

C'est un Breton qui revient au pays natal

Après avoir fait plusieurs mauvais coups

Il se promène devant les fabriques à Douarnenez

Il ne reconnaît personne

Personne ne le reconnaît

Il est très triste.

Il entre dans une crêperie pour manger des crêpes

Mais il ne peut pas en manger

Il a quelque chose qui les empêche de passer

Il paye

Il sort

Il allume une cigarette

Mais il ne peut pas la fumer.

Il y a quelque chose

Quelque chose dans sa tête

Quelque chose de mauvais

귀향

어느 브르통[*]이 온갖 못된 짓을 다한 후
고향에 돌아온다
그는 두아른네 공장 앞을 거닌다
그는 아무도 알아보지 못한다
아무도 그를 알아보지 못한다
그는 몹시 슬프다.
크레프^{**}를 먹으러 크레프 집에 들어간다
그러나 먹을 수가 없다
그 무언가 목에 걸려 넘어가지 않는다
그는 값을 치른다
그는 밖으로 나온다
그는 담뱃불을 붙인다
그러나 피울 수가 없다.

무엇인가
그 무엇인가 안 좋은 것이
그 무엇인가 머릿속에 들어 있어

● 브르통: 프랑스의 북부 브르타뉴 출신의 사람을 가리키는 말. 16세기 이후에야 프랑스와 합병된 이 지방은 수도권에서 소외되어 가난하고 풍토와 습속이 이질적이다. 시인은 고향인 이 지방에 유별난 애착을 갖는 것 같다. 이 시는 신문 기사와 같은 특유한 문체로 표현되고 있다.
●● 밀가루와 달걀 노른자위를 섞어 부치는 일종의 전. 설탕, 치즈, 럼주 등을 치고 말아서 먹는 간식의 일종이다.

Il est de plus en plus triste

Et soudain il se met à se souvenir:

Quelqu'un lui a dit quand il était petit

《Tu finiras sur l'échafaud》

Et pendant des années

Il n'a jamais osé rien faire

Pas même traverser la rue

Pas même partir sur la mer

Rien absolument rien.

Il se souvient.

Celui qui avait tout prédit c'est l'oncle Grésillard

L'oncle Grésillard qui portait malheur à tout le monde

La vache!

Et le Breton pense à sa sœur

Qui travaille à Vaugirard

À son frère mort à la guerre

Pense à toutes les choses qu'il a vues

Toutes les choses qu'il a faites.

La tristesse se serre contre lui

Il essaie une nouvelle fois

D'allumer une cigarette

점점 더 슬퍼진다
문득 기억나기 시작한다
어렸을 때 누군가 그에게 말했었지
"너는 단두대에서 끝장을 볼 게야"
그래서 여러 해 동안
그는 감히 아무 일도 못 했다
길도 못 건너고
바다에서 배 타고 떠나지도 못하고
아무것도, 전혀 아무것도 못 했다.
그는 기억한다.
모든 것을 예언한 것은 그레지야르 아저씨였지
뉘게나 재수 없던 그레지야르 아저씨
고약한 그 작자!
그래 브르통은 생각한다
보지라르가(街)*에서 일하는 그의 여동생을,
전쟁 나가 죽은 그의 형을
그가 본 모든 것을
그가 한 모든 것을 생각한다.
슬픔이 가슴을 조여
다시 한번 담뱃불을 붙여 보려 한다

───────

* 보지라르가는 파리 6구에 있는 좁고 긴 거리 이름으로 시인이 소년 시절을
보낸 서민가.

Mais il n'a pas envie de fumer

Alors il décide d'aller voir l'oncle Grésillard.

Il y va

Il ouvre la porte

L'oncle ne le reconnaît pas

Mais lui le reconnaît

Et il lui dit:

《Bonjour oncle Grésillard》

Et puis il lui tord le cou.

Et il finit sur l'échafaud à Quimper

Après avoir mangé deux douzaines de crêpes

Et fumé une cigarette.

그러나 피우고 싶은 생각이 없다
그래서 그레지야르 아저씨를 찾아가 보기로 한다.
그는 찾아가서
문을 연다
아저씨는 그를 알아보지 못하지만
그는 아저씨를 알아본다
그래 그에게 말한다
"안녕하슈 그레지야르 아저씨"
그러곤 그의 목을 비튼다
그래 그는 캥페르*의 단두대에서 끝장을 본다
두 다스의 크레프를 먹어 치운 뒤에
담배 한 대를 피우고 난 뒤에.

---

* 브르타뉴의 도시명. '크레프'로 이름난 곳.

DANS MA MAISON

Dans ma maison vous viendrez

D'ailleurs ce n'est pas ma maison

Je ne sais pas à qui elle est

Je suis entré comme ça un jour

Il n'y avait personne

Seulement des piments rouges accrochés au mur blanc

Je suis resté longtemps dans cette maison

Personne n'est venu

Mais tous les jours et tous les jours

Je vous ai attendue

Je ne faisais rien

C'est-à-dire rien de sérieux

Quelquefois le matin

Je poussais des cris d'animaux

Je gueulais comme un âne

De toutes mes forces

Et cela me faisait plaisir

Et puis je jouais avec mes pieds

C'est très intelligent les pieds

Ils vous emmènent très loin

Quand vous voulez aller très loin

나의 집에

나의 집에 당신은 오시겠습니다
사실 이건 나의 집이 아니랍니다
누구의 집인지 나도 모릅니다
어느 날 나는 그냥 들어왔습니다
아무도 없었습니다
오직 하얀 벽에 빨간 고추들이 걸려 있을 뿐
나는 오랫동안 이 집에 있었지만
아무도 찾는 이 없었지만
언제나 언제나
나는 당신을 기다렸습니다

나는 아무것도 하지 않고
다시 말해 이렇다 할 아무것도 하지 않고
아침이면 때때로
짐승 소리를 내지르곤 했습니다
온 힘을 다하여
당나귀처럼 짖었습니다
그러면 기분이 좋아졌습니다
그리고 나는 내 발을 가지고 놀았습니다
발이란 것은 참으로 영리한 것이어서

Et puis quand vous ne voulez pas sortir
Ils restent là ils vous tiennent compagnie

Et quand il y a de la musique ils dansent
On ne peut pas danser sans eux
Il Faut être bête comme l'homme l'est souvent
Pour dire des choses aussi bêtes
Que bête comme ses pieds gai comme un pinson
Le pinson n'est pas gai
Il est seulement gai quand il est gai
Et triste quand il est triste ou ni gai ni triste
Est-ce qu'on sait ce que c'est un pinson
D'ailleurs il ne s'appelle pas réellement comme ça
C'est l'homme qui a appelé cet oiseau comme ça
Pinson pinson pinson pinson

Comme c'est curieux les noms

당신이 멀리멀리 가고 싶을 때에는
당신을 멀리멀리 데려다주고
당신이 밖에 나가고 싶지 않을 때는
그 곁에 남아서 친구해 준답니다

음악이 있으면 춤을 춥니다
발 없이 춤추는 건 불가능하지요
이처럼 멍청한 말을 하려면
사람이 흔히 그렇듯 멍청해져야겠지요
그의 발처럼 멍청하고 팽송*처럼
명랑해야 되겠지요
팽송은 사실 명랑하지 않아요
팽송은 다만 명랑할 때 명랑하고
슬플 때 슬프고, 혹은 명랑하지도
슬프지도 않지요
팽송이란 게 뭔지 우리가 알기나 한답니까
사실 그놈은 진짜 그런 이름이 아닙니다
사람들이 그 새를 그렇게 불렀을 뿐
팽송 팽송 팽송 팽송

---

* 팽송(pinson)은 방울새를 말하는데, 프랑스말에 '매우 명랑하다.'는
의미로 '방울새처럼 명랑하다.'는 표현이 있다.

Martin Hugo Victor de son prénom

Bonaparte Napoléon de son prénom

Pourquoi comme ça et pas comme ça

Un troupeau de bonapartes passe dans le désert

L'empereur s'appelle Dromadaire

Il a un cheval caisse et des tiroirs de course

Au loin galope un homme qui n'a que trois prénoms

Il s'appelle Tim-Tam-Tom et n'a pas de grand nom

Un peu plus loin encore il y a n'importe qui

Beaucoup plus loin encore il y a n'importe quoi

Et puis qu'est-ce que ça peut faire tout ça

Dans ma maison tu viendras

이름이란 얼마나 기이한 것인가요
마르탱 위고 빅토르라는 이름*
보나파르트 나폴레옹이라는 이름
왜 저렇게가 아니고 이렇게 부르나요
한 떼의 보나파르트가 사막을 지나갑니다
황제의 이름은 낙타라고 불립니다**
그에겐 금고마(金庫馬)와 경마 서랍이 있답니다***
저 멀리에는 세 개의 이름뿐인 한 남자가 질주합니다
그의 이름은 탱탕통일 뿐▪ 거창한 존함 따윈 없습니다
조금 더 멀리에는 또 그 누군가가 아무거나가 있고,
훨씬 더 멀리는 아무거나가 있습니다
그런데 이 모든 것이 다 어쨌다는 것입니까

내 집에 너는 찾아오리라▪▪

---

* 유명한 이름들 중의 하나로 예를 들어 본 프랑스의 대시인 빅토르 위고.
거기다가 가장 흔한 이름인 마르탱을 붙여 본 것.
** 문맥 속에서 보통명사인 낙타 떼를 대문자로 쓰고 고유명사인
보나파르트를 소문자로 써서 위치를 고의로 바꾸어 놓았다.
*** 복합명사인 경마용 말(cheval de course)과 금고 겸용 서랍(tiroir
caisse)의 반씩을 서로 교체시켜 뜻 없는 어휘를 고의로 만들어 본 것. 앞의
낙타 — 보나파르트의 상호 교환을 문장들 속에서가 아니라 어휘들 속에서
실행한 것이다.
▪ 탱탕통은 거창한 이름과 뜻 없는 소리를 대비시키기 위하여 지어낸 의성어.
▪▪ 1연의 경칭 '당신'이 나의 집(문명이 비워 버린 집)의 세례를 통하여

39

Je pense à autre chose mais je ne pense qu'à ça

Et quand tu seras entrée dans ma maison

Tu enlèveras tous tes vêtements

Et tu resteras immobile nue debout avec ta bouche rouge

Comme les piments rouges pendus sur le mur blanc

Et puis tu te coucheras et je me coucherai près de toi

Voilà

Dans ma maison qui n'est pas ma maison tu viendras.

나는 딴생각을 하지만 오직 그 생각뿐
그리고 네가 내 집에 들어오면
너는 옷을 모두 벗고
하얀 벽에 걸린 붉은 고추와 같은
네 붉은 입술로 다 벗고 가만히 서 있으리라
그리고 너는 누우리라 나는 네 곁에 누우리라
그렇지
내 집이 아닌 나의 집에 너는 오리라.

<hr />

친숙한 '너'로 변신한다.(121쪽의 시 「바르바라」 참조) 모든 의례적 절차를
생략하고 가식 없는 소박하고 아름다운 사랑의 꿈에 도달한다.

LA GRASSE MATINÉE

Il est terrible

le petit bruit de l'œuf dur cassé sur un comptoir d'étain

il est terrible ce bruit

quand il remue dans la mémoire de l'homme qui a faim

elle est terrible aussi la tête de l'homme

la tête de l'homme qui a faim

quand il se regarde à six heures du matin

dans la glace du grand magasin

une tête couleur de poussière

ce n'est pas sa tête pourtant qu'il regarde

dans la vitrine de chez Potin

il s'en fout de sa tête l'homme

il n'y pense pas

il songe

il imagine une autre tête

une tête de veau par exemple

avec une sauce de vinaigre

느긋하고 푸짐한 아침

끔찍해

양철 카운터에 삶은 달걀을 깨는*

그 나직한 소리는 끔씩해

배고픈 사내의 기억 속에 휘젓고 다니는

달걀 깨는 소리는 끔찍해

아침 여섯 시

백화점 유리창에 비쳐 보이는

배고픈 사내의 낯짝은 끔찍해

먼짓빛 낯짝은 끔찍해

포탱 상점**의 진열장 유리 속에서

그가 바라보는 건 그러나 제 낯짝이 아니야

낯짝이야 아무렴 어때

그런 건 생각지도 않아

그가 그리는 건

그가 상상하는 건 다른 낯짝

예컨대 송아지 머리

식초 소스로 양념한

---

* 프랑스 서민들은 흔히 동네 카페의 양철(사실은 주석) 카운터 앞에 서서
카페 주인이나 옆 사람과 이야기를 나누면서 아침 식사하기를 좋아한다.
아침 식사는 주로 버터 바른 빵과 크림 탄 커피, 그리고 삶은 달걀(그 달걀을
카운터 바닥에 대고 깬다.)이다.

** 펠릭스 포탱이 19세기 중엽에 박리다매 원칙에 따라 프랑스 전역에
개점하여 20세기 말까지 지속되었던 식료품 체인 상점.

ou une tête de n'importe quoi qui se mange

et il remue doucement la mâchoire

doucement

et il grince des dents doucement

car le monde se paye sa tête

et il ne peut rien contre ce monde

et il compte sur ses doigts un deux trois

un deux trois

cela fait trois jours qu'il n'a pas mangé

et il a beau se répéter depuis trois jours

ça ne peut pas durer

ça dure

trois jours

trois nuits

sans manger

et derrière ces vitres

ces pâtés ces bouteilles ces conserves

poissons morts protégés par les boîtes

boîtes protégées par les vitres

vitres protégées par les flics

flics protégés par la crainte

송아지 낯짝

아니면 무엇이든 먹을 수 있는 그 무슨 머리

그래서 그는 달콤히게 **턱**을 움직이지

달콤하게

그리고 부드럽게 이를 갈지

세상이 그를 가지고 놀아도

세상을 어쩔 수는 없으니까

그는 하나 둘 셋 손꼽아 보네

하나 둘 셋

못 먹고 굶은 지 사흘째

이럴 수가 없다고

사흘째 되뇌어도 소용이 없네

이럴 수가 있는걸

사흘 낮

사흘 밤

굶고 지낸걸 이럴 수가 있는걸

저 진열장 뒤에는

저 고기 파이들 저 술병들 저 통조림들

죽은 생선은 깡통이 지켜주고

깡통들은 진열장이 지켜주고

진열장은 경찰이 지켜주고

경찰은 공포심이 보호하지

que de barricades pour six malheureuses sardines…
Un peu plus loin le bistro
café-crème et croissants chauds
l'homme titube
et dans l'intérieur de sa tête
un brouillard de mots
un brouillard de mots
sardines à manger
œuf dur café-crème
café arrosé rhum
café-crème
café-crème
café-crime arrosé sang!…

Un homme très estimé dans son quartier
a été égorgé en plein jour
l'assassin le vagabond lui a volé
deux francs
soit un café arrosé
zéro franc soixante-dix
deux tartines beurrées

여섯 마리 불쌍한 정어리를 위해
바리케이트들 많기도 해라……
좀 더 떨어진 곳에는 비스트로
카페 라테와 따뜻한 크루아상
사내는 비틀거리고
그의 머릿속에는
이름들의 안개
이름들의 안개
먹음직한 정어리
삶은 달걀 카페 라테
럼을 탄 커피
카페 라테
카페 라테
피를 탄 카페 라테!……

자기 동네에서 아주 존경받던 한 사내가
백주 대낮에 칼을 맞았네
뜨내기 살인자가
2프랑을 강도질했네
술을 탄 커피 한 잔에
70상팀
버터 바른 빵 두 개

et vingt-cinq centimes pour le pourboire du garçon.

Il est terrible

le petit bruit de l'œuf dur cassé sur un comptoir d'étain

il est terrible ce bruit

quand il remue dans la mémoire de l'homme qui a faim.

그리고 팁으로 25상팀

끔찍해
양철 카운터에 삶은 달걀을 깨는 그 나직한 소리는
끔찍해
배고픈 사내의 기억 속에 휘젓고 다니는 그 소리는 끔찍해.

FAMILIALE

La mère fait du tricot

Le fils fait la guerre

Elle trouve ça tout naturel la mère

Et le père qu'est-ce qu'il fait le père?

Il fait des affaires

Sa femme fait du tricot

Son fils la guerre

Lui des affaires

Il trouve ça tout naturel le père

Et le fils et le fils

Qu'est-ce qu'il trouve le fils?

Il ne trouve rien absolument rien le fils

Le fils sa mère fait du tricot son père des affaires lui la guerre

Quand il aura fini la guerre

Il fera des affaires avec son père

La guerre continue la mère continue elle tricote

가정적*

어머니는 뜨개질을 한다
아들은 전쟁을 한다
어머니는 그게 아주 당연하다 여긴다
그럼 아버지는 무엇을 할까?
아버지는 사업을 한다
그의 아내는 뜨개질을 한다
그의 아들은 전쟁을 한다
그는 사업을 한다
그는 그게 아주 당연하다 여긴다 아버지는
그런데 아들 그 아들은
그걸 어떻게 생각하나?
그는 아무렇게도 전혀 아무렇게도 생각지 않는다 아들은
아들은 그의 어머니는 뜨개질을 그의 아버지는 사업을
그는 전쟁을 한다
전쟁을 끝내고 나면
제 아버지와 사업을 하겠지
전쟁은 계속하고 어머니는 계속하고 뜨개질을 하고

---

* 반전적인 시. 가정의 판에 박히고 무반성한 생활, 그 생활이 연장되어
사회 국가 단위에 이르면서 구체적으로 누구를 위한 것인지도 모르는 전쟁에
참여해 죽임을 당하고도 그것을 습관 속에 수용하는, 한편 참담하면서 한편
우스꽝스러운 사람들의 '가정적'이라는 삶을 시인은 애정과 비판의 눈으로
묘사한다.

Le père continue il fait des affaires

Le fils est tué il ne continue plus

Le père et la mère vont au cimetière

Ils trouvent ça naturel le père et la mère

La vie continue la vie avec le tricot la guerre les affaires

Les affaires la guerre le tricot la guerre

Les affaires les affaires et les affaires

La vie avec le cimetière.

아버지는 계속하고 그는 사업을 한다
아들은 죽어서 더 이상 계속하지 않는다
아버지와 어머니는 무덤으로 간다
그들은 이게 모두 당연하다 여긴다 아버지와 어머니는
삶은 뜨개질로 전쟁으로 사업으로
사업으로 전쟁으로 뜨개질로 전쟁으로
사업 사업 그리고 사업으로 삶을 계속한다
무덤으로 삶을 계속한다.

CET AMOUR

Cet amour

Si violent

Si fragile

Si tendre

Si désespéré

Cet amour

Beau comme le jour

Et mauvais comme le temps

Quand le temps est mauvais

Cet amour si vrai

Cet amour si beau

Si heureux

Si joyeux

Et si dérisoire

Tremblant de peur comme un enfant dans le noir

Et si sûr de lui

Comme un homme tranquille au milieu de la nuit

Cet amour qui faisait peur aux autres

Qui les faisait parler

Qui les faisait blêmir

Cet amour guetté

Parce que nous les guettions

이 사랑

이 사랑은
이토록 사납고
이토록 연약하고
이토록 부드럽고
이토록 절망한
이 사랑은
대낮같이 아름답고
날씨처럼 나쁜 사랑은
날씨가 나쁠 때
이토록 진실한 이 사랑은
이토록 아름다운 이 사랑은
이토록 행복하고
이토록 즐겁고
또 이토록 하찮은
어둠 속에서 어린애처럼 두려움에 떨지만
한밤에도 태연한 어른처럼 이토록 자신 있는
이 사랑은
다른 이들을 겁나게 하던
그들의 입을 열게 하던
그들을 질리게 하던 이 사랑은
우리가 그들을 감시하고 있었기에
감시당한 이 사랑은

Traqué blessé piétiné achevé nié oublié

Parce que nous l'avons traqué blessé piétiné achevé nié oublié

Cet amour tout entier

Si vivant encore

Et tout ensolcillé

C'est le tien

C'est le mien

Celui qui a été

Cette chose toujours nouvelle

Et qui n'a pas changé

Aussi vraie qu'une plante

Aussi tremblante qu'un oiseau

Aussi chaude aussi vivante que l'été

Nous pouvons tous les deux

Aller et revenir

Nous pouvons oublier

Et puis nous rendormir

Nous réveiller souffrir vieillir

Nous endormir encore

Rêver à la mort

Nous éveiller sourire et rire

우리가 그를 추격하고 해(害)하고 짓밟고 죽이고
부정하고 잊어버렸기에
쫓기고 상처받고 짓밟히고 살해뇌고
부정되고 잊힌 이 사랑은
아직 이토록 생생하고
온통 햇빛 가득 받아
흠 없이 온전한 이 사랑은
이것은 너의 것
이것은 나의 것
언제나 언제나 새로웠던 그것
한 번도 변하지 않은 사랑
초목같이 진정하고
새처럼 애처롭고
여름처럼 따뜻하고 싱싱한
우리는 둘 다
가고 올 수 있으며
우리는 잊을 수 있고
우리는 다시 잠들 수 있고
잠 깨고 고통받고 늙을 수 있고
다시 잠들고
죽음을 꿈꾸고
잠 깨어 미소 짓고 웃음 터뜨리고

Et rajeunir

Notre amour reste là

Têtu comme une bourrique

Vivant comme le désir

Cruel comme la mémoire

Bête comme les regrets

Tendre comme le souvenir

Froid comme le marbre

Beau comme le jour

Fragile comme un enfant

Il nous regarde en souriant

Et il nous parle sans rien dire

Et moi je l'écoute en tremblant

Et je crie

Je crie pour toi

Je crie pour moi

Je te supplie

Pour toi pour moi et pour tous ceux qui s'aiment

Et qui se sont aimés

Oui je lui crie

Pour toi pour moi et pour tous les autres

Que je ne connais pas

다시 젊어질 수 있으니
우리들의 사랑은 여기 그대로
멍텅구리처럼 고집 세고
욕망처럼 생생하고
기억처럼 잔인하고
회한처럼 어리석고
추억처럼 달콤하고
대리석처럼 차디차고
대낮처럼 아름답고
어린애처럼 연약하여
웃음 지으며 우리를 바라본다
아무 말없이도 우리에게 말한다
그러면 나는 몸을 떨며 귀를 기울인다
그리고 나는 외친다
너를 위해 외친다
나를 위해 외친다
너에게 애원한다
너를 위해 나를 위해 서로 사랑하는 모두를 위해
서로 사랑하였던 모두를 위해
그래 나는 그에게 외친다
너를 위해 나를 위해
내가 알지 못하는 다른 모두를 위해

Reste là

Là où tu es

Là où tu étais autrefois

Reste là

Ne bouge pas

Ne t'en va pas

Nous qui sommes aimés

Nous t'avons oublié

Toi ne nous oublie pas

Nous n'avions que toi sur la terre

Ne nous laisse pas devenir froids

Beaucoup plus loin toujours

Et n'importe où

Donne-nous signe de vie

Beaucoup plus tard au coin d'un bois

Dans la forêt de la mémoire

Surgis soudain

Tends-nous la main

Et sauve-nous.

거기 있거라
지금 있는 거기 있거라
옛날에 있던 그 자리에
거기 있거라
움직이지 마라
떠나 버리지 마라
사랑받은 우리는
너를 잊어버렸지만
너는 우리를 잊지 말아라
우리에겐 땅 위에 오직 너뿐
우리가 차디차게 변하도록 버리지 마라
항상 더욱더 먼 곳에서도
그리고 그 어디에서든
우리에게 살아 있다는 기별을 다오
훨씬 더 훗날 어느 숲 한구석에서
기억의 숲속에서
문득 얼굴을 내밀고
우리에게 손 내밀고
우리를 구원해 다오.

PAGE D'ÉCRITURE

Deux et deux quatre
quatre et quatre huit
huit et huit font seize…
Répétez! dit le maître
Deux et deux quatre
quatre et quatre huit
huit et huit font seize.
Mais voilà l'oiseau-lyre
qui passe dans le ciel
l'enfant le voit
l'enfant l'entend
l'enfant l'appelle:
Sauve-moi
joue avec moi
oiseau!
Alors l'oiseau descend
et joue avec l'enfant

작문*

둘에 둘은 넷
넷에 넷은 여덟
여덟에 여덟은 열어섯……
다시 해 봐! 하고 선생님은 말한다
둘에 둘은 넷
넷에 넷은 여덟
여덟에 여덟은 열여섯.
그러나 아니 저기 하늘에 지나가는
종달새** 한 마리
아이는 새를 보고
아이는 새소리를 듣고
아이는 새를 부른다
나를 구해 다오
나하고 놀자
새야!
그러자 새는 내려와
아이와 함께 논다

• 「열등생」과 함께 어리석은 어른의 '놀이(교육)'에 구속당한 자연 그대로의
존재인 어린아이들의 정당한 꿈을, 행복과 생래적 자유에 대한 갈망을
초현실주의적인 기법으로 노래한 시.
•• Oiseau-lyre는 새라는 말과 현금(弦琴)이라는 말이 합쳐진 복합명사로
새와 음악의 이미지를 동시에 전달하는 '현금조'이나 쉬운 문맥을 위하여
종달새라 번역하였다.

Deux et deux quatre…

Répétez! dit le maître

et l'enfant joue

l'oiseau joue avec lui…

Quatre et quatre huit

huit et huit font seize

et seize et seize qu'est-ce qu'ils font?

Ils ne font rien seize et seize

et surtout pas trente-deux

de toute façon

et ils s'en vont.

Et l'enfant a caché l'oiseau

dans son pupitre

et tous les enfants

entendent sa chanson

et tous les enfants

entendent la musique

et huit et huit à leur tour s'en vont

et quatre et quatre et deux et deux

à leur tour fichent le camp

et un et un ne font ni une ni deux

un à un s'en vont également.

둘에 둘은 넷……
다시 해 봐! 하고 선생님은 말하고
아이는 논다
새는 그와 함께 논다……
넷에 넷은 여덟
여덟에 여덟은 열여섯
그리고 열여섯에 열여섯은 얼마지?
열여섯에 열여섯은 아무것도 아니지
더군다나 서른둘은
어쨌든 아니고
그들은 그냥 가 버린다
그리고 아이는 새를
책상 속에 감추고
모든 아이들은
새의 노랫소리를 듣고
모든 아이들은
그 음악을 듣고
여덟에 여덟도 가 버리고
넷에 넷도 둘에 둘도
차례로 도망쳐 버리고
하나에 하나는 하나도 둘도 안 되고
하나에 하나도 그냥 가 버린다

Et l'oiseau-lyre joue

et l'enfant chante

et le professeur crie:

Quand vous aurez fini de faire le pitre!

Mais tous les autres enfants

écoutent la musique

et les murs de la classe

s'écroulent tranquillement.

Et les vitres redeviennent sable

l'encre redevient eau

les pupitres redeviennent arbres

la craie redevient falaise

le porte-plume redevient oiseau.

그리고 종달새는 놀고
아이는 노래하고
교사는 소리친다
바보짓 이제 그만두지 않겠어!
그러나 모든 아이들은
음악을 듣고
교실의 벽은
조용히 무너진다
그리고 유리창들은 다시 모래가 되고
잉크는 다시 물이 되고
책상은 다시 숲이 되고
분필은 다시 절벽이 되고
펜대는 새가 된다.

DÉJEUNER DU MATIN

Il a mis le café

Dans la tasse

Il a mis le lait

Dans la tasse de café

Il a mis le sucre

Dans le café au lait

Avec la petite cuiller

Il a tourné

Il a bu le café au lait

Et il a reposé la tasse

Sans me parler

Il a allumé

Une cigarette

Il a fait des ronds

Avec la fumée

Il a mis les cendres

Dans le cendrier

Sans me parler

Sans me regarder

Il s'est levé

Il a mis

Son chapeau sur sa tête

아침 식사

그이는 잔에
커피를 담았지
그이는 커피 잔에
우유를 넣었지
그이는 카페 라테에
설탕을 탔지
그이는 작은 숟가락으로
커피를 저었지
그이는 카페 라테를 마셨지
그리고 그이는 잔을 내려놓았지
내겐 아무 말없이
그이는 담배에
불을 붙였지
그이는 연기로
동그라미를 만들었지
그이는 재떨이에
재를 털었지
내겐 아무 말없이
내겐 눈길도 주지 않고
그이는 일어났지
그이는 머리에
모자를 썼지

Il a mis

Son manteau de pluie

Parce qu'il pleuvait

Et il est parti

Sous la pluie

Sans une parole

Sans me regarder

Et moi j'ai pris

Ma tête dans ma main

Et j'ai pleuré

그이는 비옷을 입었지
비가 오고 있었기에
그리고 그이는
빗속으로 가 버렸지
말 한마디 없이
내겐 눈길도 주지 않고
그래 나는 두 손에
얼굴을 묻고
울어 버렸지.

LE DÉSESPOIR EST ASSIS SUR UN BANC

Dans un square sur un banc

Il y a un homme qui vous appelle quand on passe

Il a des binocles un vieux costume gris

Il fume un petit ninas il est assis

Et il vous appelle quand on passe

Ou simplement il vous fait signe

Il ne faut pas le regarder

Il ne faut pas l'écouter

Il faut passer

Faire comme si on ne le voyait pas

Comme si on ne l'entendait pas

Il faut passer presser le pas

Si vous le regardez

Si vous l'éccoutez

Il vous fait signe et rien personne

Ne peut vous empêcher d'aller vous asseoir près de lui

Alors il vous regarde et sourit

절망이 벤치에 앉아 있다*

작은 광장의 벤치에
어떤 사람이 앉아
사람이 지나가면 부른다
그는 외알 안경과 낡은 회색 양복 차림으로
가느다란 잎담배를 피우며 앉아 있다
그리고 사람이 지나가면 부른다
아니 그냥 손짓을 해 보인다
그를 쳐다보면 안 된다
그의 말을 들어서는 안 된다
그가 보이지도 않는 양
그냥 지나쳐야 한다
마치 그가 보이지 않는다는 듯
마치 그의 말이 들리지 않는다는 듯
걸음을 채촉하며 지나쳐야 한다
혹 당신이 그를 쳐다본다면
혹 당신이 그의 말에 귀 기울인다면
그가 당신에게 손짓을 할 터이니
당신은 그의 곁에 가 앉을 수밖에

---

* 유럽 도시의 가로에 놓인 벤치 위에서 자주 발견하게 되는 외로운 늙은
사람들이 보여 주는 노쇠-고독-죽음의 이미지를 행복한 삶(젊음-움직임-
기쁨)과 대비시킨 시. 늙은 사람들에 대한 사회적 처우의 문제가 아니라
그들이 상징하는 절망과 죽음 자체가 문제이다.

Et vous souffrez atrocement

Et l'homme continue de sourire

Et vous souriez du même sourire

Exactement

Plus vous souriez plus vous souffrez

Atrocement

Plus vous souffrez plus vous souriez

Irrémédiablement

Et vous restez là

Assis figé

Souriant sur le banc

Des enfants jouent tout près de vous

Des passants passent

Tranquillement

Des oiseaux s'envolent

Quittant un arbre

Pour un autre

Et vous restez là

Sur le banc

Et vous savez vous savez

Que jamais plus vous ne jouerez

그러면 그는 당신을 쳐다보고 미소 짓고
당신은 참담하게 괴로워지고
그 사람은 계속 웃기만 하고
당신도 똑같은 미소로 웃음 짓고
미소를 지을수록 당신의 고통은
더욱 참담해지고
고통이 더할수록
더욱 어쩔 수 없이 웃게 되고
당신은 거기
벤치 위에
미소 지으며
꼼짝 못한 채 앉아만 있다
바로 곁에는 아이들이 놀고
행인들
조용히 지나가고
새들은
이 나무에서 저 나무로
날아가고
당신은 거기 벤치에
가만히 앉아 있다
당신은 안다 당신은 안다
이제 다시는 저 아이들처럼

Comme ces enfants

Vous savez que jamais plus vous ne passerez

Tranquillement

Comme ces passants

Que jamais plus vous ne vous envolerez

Quittant un arbre pour un autre

Comme ces oiseaux.

놀 수 없음을
이제 다시는 저 행인들처럼
조용히 지나갈 수 없음을
당신은 안다
이제 다시는 저 새들처럼
이 나무에서 저 나무로 날아갈 수 없음을
당신은 안다.

POUR FAIRE LE PORTRAIT D'UN OISEAU

À Elsa Henriquez

Peindre d'abord une cage

avec une porte ouverte

peindre ensuite

quelque chose de joli

quelque chose de simple

quelque chose de beau

quelque chose d'utile

pour l'oiseau

placer ensuite la toile contre un arbre

dans un jardin

dans un bois

ou dans une forêt

se cacher derrière l'arbre

sans rien dire

sans bouger…

Parfois l'oiseau arrive vite

mais il peut aussi bien mettre de longues années

avant de se décider

Ne pas se décourager

attendre

attendre s'il le faut pendant des années

la vitesse ou la lenteur de l'arrivée de l'oiseau

어느 새의 초상화를 그리려면

—— 엘자 앙리케즈에게

우선 문이 열린
새장을 하나 그릴 것
다음에는 새를 위해
뭔가 예쁜 것을
뭔가 간단한 것을
뭔가 아름다운 것을
뭔가 쓸모 있는 것을 그릴 것
그다음엔 그림을
정원이나
숲이나
혹은 밀림 속
나무에 걸어 놓을 것
나무 뒤에 숨을 것
아무 말도 하지 말고
움직이지도 말고……
때로는 새가 빨리 오기도 하지만
여러 해가 걸려서
마음을 정하기도 한다
실망하지 말 것
기다릴 것
필요하다면 여러 해를 기다릴 것
새가 빨리 오고 늦게 오는 것은

n'ayant aucun rapport

avec la réussite du tableau

Quand l'oiseau arrive

s'il arrive

observer le plus profond silence

attendre que l'oiseau entre dans la cage

et quand il est entré

fermer doucement la porte avec le pinceau

puis

effacer un à un tous les barreaux

en ayant soin de ne toucher aucune des plumes de l'oiseau

Faire ensuite le portrait de l'arbre

en choisissant la plus belle de ses branches

pour l'oiseau

peindre aussi le vert feuillage et la fraîcheur du vent

la poussière du soleil

et le bruit des bêtes de l'herbe dans la chaleur de l'été

et puis attendre que l'oiseau se décide à chanter

Si l'oiseau ne chante pas

c'est mauvais signe

signe que le tableau est mauvais

mais s'il chante c'est bon signe

그림의 성공과는 전혀 무관한 것
새가 날아올 때는
혹 새가 날아오거든
가장 깊은 침묵을 지킬 것
새가 새장에 들어가기를 기다릴 것
그리고 새가 새장에 들어가거든
살며시 붓으로 새장 문을 닫을 것
그리고
차례로 모든 창살을 지우되
새의 깃털을 조금도 건드리지 않도록 조심할 것
그러고는 새가 보기에
가장 아름다운 가지를 골라
나무의 초상을 그릴 것
푸른 잎새와 싱싱한 바람과
햇빛의 가루를
여름의 뜨거운 공기 속 풀벌레 우는 소리 또한 그릴 것
그러고는 새가 마음먹고 노래하기를 기다릴 것
혹시라도 새가 노래를 하지 않는다면
그것은 나쁜 징조
그림을 잘못 그렸다는 신호
그러나 새가 노래한다면 좋은 징조

signe que vous pouvez signer

Alors vous arrachez tout doucement

une des plumes de l'oiseau

et vous écrivez votre nom dans un coin du tableau.

당신이 사인을 해도 좋다는 신호
그러거든 당신은 살며시
새의 깃털 하나를 뽑아서
그림 한구석에 당신 이름을 쓰면 된다.

LE GRAND HOMME

Chez un tailleur de pierre
où je l'ai rencontré
il faisait prendre ses mesures
pour la postérité.

위대한 사람*

내가 그를 만났던
돌 깎는 사람 집에서
그는 후세를 위하여
제 몸의 치수를 재고 있었다.

---

* 「바른 길」이 나타내고 있는 단단한 것, 모가 난 것, 굳어 버린 것의
이미지와 마찬가지로 여기서 위대한 사람 역시 현재의 변화무쌍한 삶보다
후세의 유명세에 더 관심을 가진다. 그래서 그는 자신의 명예를 영원한
것으로 남겨 줄 동상의 '돌' 이미지로 굳어진다. 모름지기 생명을 가진
존재만이 누릴 수 있는 유연성이 결여된 자들에 대한 풍자.

LES BELLES FAMILLES

Louis I

Louis II

Louis III

Louis IV

Louis V

Louis VI

Louis VII

Louis VIII

Louis IX

Louis X (dit le Hutin)

Louis XI

Louis XII

Louis XIII

Louis XIV

Louis XV

Louis XVI

Louis XVIII

et plus personne plus rien...

qu'est-ce que c'est que ces gens-là

qui ne sont pas foutus

de compter jusqu'à vingt?

멋진 가문

루이 1세
루이 2세
루이 3세
루이 4세
루이 5세
루이 6세
루이 7세
루이 8세
루이 9세
루이 10세(세칭 고집쟁이)
루이 11세
루이 12세
루이 13세
루이 14세
루이 15세
루이 16세
루이 18세
그러고는 끝……
도대체 어찌 된 사람들이
스물까지도 다 셀 줄 모르게
생겨 먹었을까?

L'ÉCOLE DES BEAUX-ARTS

Dans une boîte de paille tressée

Le père choisit une petite boule de papier

Et il la jette

Dans la cuvette

Devant ses enfants intrigués

Surgit alors

Multicolore

La grande fleur japonaise

Le nénuphar instantané

Et les enfants se taisent

Émerveillés

Jamais plus tard dans leur souvenir

Cette fleur ne pourra se faner

Cette fleur subite

Faite pour eux

À la minute

Devant eux.

국립 미술 학교*

밀짚 바구니 속에서
아버지는 종이 뭉치 하나를 골라낸다
그러고는 궁금해하는 아이들 앞에서
물통 속에 그걸 집어넣는다
그러자 알록달록한
키다란 일본 꽃이
솟아난다
즉흥의 연꽃
신기하여 아이들은
입 다물고 말이 없다
훗날 그 아이들 추억 속에서는
저희들을 위하여
문득 피어난 이 꽃은
저희 앞에
그 순간에
피어난 이 꽃은
영원히 시들지 않겠네.

---

* 예술 창조의 신비를 아버지와 아들, 종이 뭉치와 동양적 신비의 꽃(일본 꽃)의 탄생이라는 알레고리로 표현함으로써 기적과 같은 꿈을 현실로 드러내 보인다.

LE MIROIR BRISÉ

Le petit homme qui chantait sans cesse
le petit homme qui dansait dans ma tête
le petit homme de la jeunesse
a cassé son lacet de soulier
et toutes les baraques de la fête
tout d'un coup se sont écroulées
et dans le silence de cette fête
dans le désert de cette fête
j'ai entendu ta voix heureuse
ta voix déchirée et fragile
enfantine et désolée
venant de loin et qui m'appelait
et j'ai mis ma main sur mon cœur
où remuaient
ensanglantés
les sept éclats de glace de ton rire étoilé.

깨어진 거울

쉬지 않고 노래하던 키 작은 남자
내 머릿속에서 춤추던 키 작은 남자
청춘의 키 작은 남자가
구두끈을 터뜨렸네
그러자 축제의 모든 가건물들이
돌연 무너지고
그 축제의 침묵 속에서
그 축제의 폐허 속에서
너의 행복한 목소리가 들렸네
찢어지고 연약하고
어리고 비통한
너의 목소리가
먼 곳에서 찾아와 날 부르는 소리가 들렸네
내가 가슴에 손을 얹으니
별처럼 반짝이는 너의 웃음이
피 묻은 일곱 개 거울 조각이 되어
내 가슴을 후벼 팠네.

QUARTIER LIBRE

J'ai mis mon képi dans la cage

et je suis sorti avec l'oiseau sur la tête

Alors

on ne salue plus

a demandé le commandant

Non

on ne salue plus

a répondu l'oiseau

Ah bon

excusez-moi je croyais qu'on saluait

a dit le commandant

Vous êtes tout excusé tout le monde peut se tromper

a dit l'oiseau.

사유 지역

내 병정 모자를 새장에 벗어 담고
새를 머리 위에 올려놓고 나는 밖으로 나갔다
그러자
그래 이젠 경례도 안 하긴가? 하고
지휘관이 물었다.
아뇨
이제 경례는 안 합니다 하고
새가 대답했다.
아 그래요?
미안합니다 경례를 하는 건 줄 알았는데
하고 지휘관이 말했다.
괜찮습니다 누구나 잘못 생각할 수도 있는 법이지요 하고
새가 말했다.

IMMENSE ET ROUGE

Immense et rouge

Au-dessus du Grand Palais

Le soleil d'hiver apparaît

Et disparaît

Comme lui mon cœur va disparaître

Et tout mon sang va s'en aller

S'en aller à ta recherche

Mon amour

Ma beauté

Et te trouver

Là où tu es.

크고 붉은

크고 붉게
대궁전 저 위에
겨울 해가 나타났다가
사라진다
해처럼 내 심장도 사라지리라
또 피도 모두 흘러가 버리리라
흘러가 버리리라 너를 찾아
내 사랑아
내 고운 사랑아
네가 있는 그곳에서
너를 다시 만나려고.

COMPOSITION FRANÇAISE

Tout jeune Napoléon était très maigre

et officier d'artillerie

plus tard il devint empereur

alors il prit du ventre et beaucoup de pays

et le jour où Il mourut Il avait encore

du ventre

mais il était devenu plus petit.

불어 작문

아주 젊을 때 나폴레옹은 말라깽이였고
포병 장교였네
나중에 그는 황제가 되었네
그러자 그는 배가 나오고
많은 나라들을 삼켰네
그가 죽던 날 그는 아직
배가 나왔지만
그는 더 작아졌다네.

L'ÉCLIPSE

Louis XIV qu'on appelait aussi le Roi Soleil

était souvent assis sur une chaise percée

vers la fin de son règne

une nuit où il faisait très sombre

le Roi Soleil se leva de son lit

alla s'asseoir sur sa chaise

et disparut.

일식*

태양왕이라 불리던 루이 14세는
빈번히 구멍 난 의자에 올라앉았네
치세의 말기
매우 어둡던 어느 날 밤
태양왕은 침상에서 일어나
그의 의자에 가서 앉더니
사라져 버렸다네.

• 「멋진 가문」과 함께 독재 왕권 루이 왕조를 풍자한 시. 태양 같은 왕이
몰락하는 말로와 이동식 변기였던 구멍 난 의자, 그리고 의자 모양의
단두대로 비유된 처형의 비극을 야유한 희극적인 시이다.

CHANSON DU GEÔLIER

Où vas-tu beau geôlier
Avec cette clé tachée de sang
Je vais délivrer celle que j'aime
S'il en est encore temps
Et que j'ai enfermée
Tendrement cruellement
Au plus secret de mon désir
Au plus profond de mon tourment
Dans les mensonges de l'avenir
Dans les bêtises des serments
Je veux la délivrer
Je veux qu'elle soit libre
Et même de m'oublier
Et même de s'en aller
Et même de revenir
Et encore de m'aimer
Ou d'en aimer un autre
Si un autre lui plaît
Et si je reste seul
Et elle en allée
Je garderai seulement
Je garderai toujours

옥지기의 노래

피 묻은 그 열쇠를 들고
멋쟁이 옥지기여 어디를 가나
아직 때늦지 않았다면
내 사랑하는 여자를
풀어 주러 가지
내 가장 은밀한 욕망 속에
내 가장 속 깊은 번민 속에
미래라는 거짓말 속에
어처구니없는 맹세들 속에
내가 가두어 둔 그 여자를
나는 풀어 주려 하네
그 여자가 자유를 얻도록
나를 잊어버릴 자유까지도
떠나가 버릴 자유까지도
되돌아올 자유까지도
그래서 다시 나를 사랑할 자유를
혹 다른 이가 마음에 들면
다른 이를 사랑할 자유를
혹 내가 홀로 남고
그 여자 멀리 떠나가 버린다면
나는 오직 간직하리
나는 항상 간직하리

Dans mes deux mains en creux

Jusqu'à la fin des jours

La douceur de ses seins modelés par l'amour.

내 생명이 다하도록
내 두 손 오목한 곳에
사랑이 다듬어 준 그녀의 젖가슴의 부드러움을.

PREMIER JOUR

Des draps blancs dans une armoire

Des draps rouges dans un lit

Un enfant dans sa mère

Sa mère dans les douleurs

Le père dans le couloir

Le couloir dans la maison

La maison dans la ville

La ville dans la nuit

La mort dans un cri

Et l'enfant dans la vie.

첫날

장롱 속에 하얀 홑이불
침대 속에 붉은 홑이불
어머니 뱃속에 어린 아기
고통 속에 그의 어머니
복도에 아버지
집 속에 복도
마을 속에 집
어둠 속에 마을
외침 속에 죽음
그리고 삶 속에 어린 아기.

LE MESSAGE

La porte que quelqu'un a ouverte
La porte que quelqu'un a refermée
La chaise où quelqu'un s'est assis
Le chat que quelqu'un a caressé
Le fruit que quelqu'un a mordu
La lettre que quelqu'un a lue
La chaise que quelqu'un a renversée
La porte que quelqu'un a ouverte
La route où quelqu'un court encore
Le bois que quelqu'un traverse
La rivière où quelqu'un se jette
L'hôpital où quelqu'un est mort.

메시지

누군가 연 문
누군가 닫은 문
누군가 앉은 의자
누군가 쓰다듬은 고양이
누군가 깨문 과일
누군가 읽은 편지
누군가 넘어뜨린 의자
누군가 연 문
누군가 아직 달리고 있는 길
누군가 건너지르는 숲
누군가 몸을 던지는 강물
누군가 죽은 병원.

CHEZ LA FLEURISTE

Un homme entre chez une fleuriste

et choisit des fleurs

la fleuriste enveloppe les fleurs

l'homme met la main à sa poche

pour chercher l'argent

l'argent pour payer les fleurs

mais il met en même temps

subitement

la main sur son cœur

et il tombe

En même temps qu'il tombe

l'argent roule à terre

et puis les fleurs tombent

en même temps que l'homme

en même temps que l'argent

et la fleuriste reste là

avec l'argent qui roule

avec les fleurs qui s'abîment

avec l'homme qui meurt

évidemment tout cela est très triste

et il faut qu'elle fasse quelque chose

꽃집에서

어느 남자가 꽃집에 들어가
꽃을 고른다
꽃집 아가씨는 꽃을 싸고
남자는 돈을 찾으려
주머니에 손을 넣는다
꽃값을 치를 돈을
그러나 그와 동시에 그는
갑자기
가슴에 손을 얹더니
쓰러진다

그가 쓰러지는 순간
돈이 바닥에 굴러가고
그 남자와 동시에
돈과 동시에
꽃들이 떨어진다
돈은 굴러가는데
꽃들은 부서지는데
남자는 죽어 가는데
꽃집 아가씨는 거기 가만 서 있다
물론 이 모든 것은 매우 슬픈 일
그 여자는 무언가 해야 한다

la fleuriste

mais elle ne sait pas comment s'y prendre

elle ne sait pas

par quel bout commencer

Il y a tant de choses à faire

avec cet homme qui meurt

ces fleurs qui s'abîment

et cet argent

cet argent qui roule

qui n'arrête pas de rouler.

꽃집 아가씨는
그러나 그 여자는 어찌할지 몰라
그 여자는 몰라
어디서부터 손을 써야 할지를

해야 할 일이 너무 많은데
남자는 죽어 가고
꽃은 부서지고
그리고 돈은
돈은 굴러가고
끊임없이 굴러가고.

DIMANCHE

Entre les rangées d'arbres de l'avenue des Gobelins

Une statue de marbre me conduit par la main

Aujourd'hui c'est dimanche les cinémas sont pleins

Les oiseaux dans les branches regardent les humains

Et la statue m'embrasse mais personne ne nous voit

Sauf un enfant aveugle qui nous montre du doigt.

일요일

고블랭가(街) 줄지어 늘어선 가로수 사이
대리석상 하나가 내게 길을 안내한다
오늘은 일요일 극장은 만원
새들이 나뭇가지 위에서 인간들을 바라본다
석상은 내게 입맞춤하지만 아무도 우리를 보지 않는다
오직 어느 눈먼 아이만 우리를 손가락질할 뿐.

LE JARDIN

Des milliers et des milliers d'années

Ne sauraient suffire

Pour dire

La petite seconde d'éternité

Où tu m'as embrassé

Où je t'ai embrassée

Un matin dans la lumière de l'hiver

Au parc Montsouris à Paris

À Paris

Sur la terre

La terre qui est un astre.

공원

수백만 년 또 수백만 년도
충분하지 못할걸
우주 속의 별
지구 위의
파리
파리의 몽수리 공원에서
겨울 햇빛 속 어느 아침
네가 내게 입 맞춘
내가 네게 입 맞춘
그 영원의 짧은 한순간을
다 말하려면.

LE BOUQUET

Que faites-vous là petite fille

Avec ces fleurs fraîchement coupées

Que faites-vous là jeune fille

Avec ces fleurs, ces fleurs séchées

Que faites-vous là jolie femme

Avec ces fleurs qui se fanent

Que faites-vous là vieille femme

Avec ces fleurs qui meurent

J'attends le vainqueur.

꽃다발

거기서 무얼 하시나요, 어린 아가씨여
갓 꺾은 그 꽃들을 들고
거기서 무얼 하시나요, 어린 아가씨여
말라 버린 그 꽃들을 들고
거기서 무얼 하시나요, 고운 여인이여
시들어 가는 그 꽃들을 들고
거기서 무얼 하시나요, 늙은 여인이여
죽어 가는 그 꽃들을 들고

승리자를 기다리고 있답니다.

BARBARA

Rappelle-toi Barbara

Il pleuvait sans cesse sur Brest ce jour-là

Et tu marchais souriante

Épanouie ravie ruisselante

Sous la pluie

Rappelle-toi Barbara

Il pleuvait sans cesse sur Brest

Et je t'ai croisée rue de Siam

Tu souriais

Et moi je souriais de même

Rappelle-toi Barbara

Toi que je ne connaissais pas

Toi qui ne me connaissais pas

Rappelle-toi

Rappelle-toi quand même ce jour-là

N'oublie pas

Un homme sous un porche s'abritait

Et il a crié ton nom

Barbara

Et tu as couru vers lui sous la pluie

Ruisselante ravie épanouie

Et tu t'es jetée dans ses bras

바르바라

기억하는가 바르바라
그날 브레스트에는 끝없이 비가 내리고 있었지
너는 미소 지으며
기쁨에 넘친 환한 얼굴로
빗속을 걷고 있었지
기억하는가 바르바라
브레스트에는 끝없이 비가 내리고
나는 너를 시암가에서 마주쳤지
너는 웃고 있었지
나도 같이 웃었지
기억하는가 바르바라
내가 알지 못했던 너는
나를 알지 못했던 너는
기억하는가
그날을 그러나 기억하는가
잊지 마라
어느 집 처마 밑에서 비를 피하던 한 남자를
그는 너의 이름을 불렀다
바르바라
그래 너는 빗속으로 그에게 달려갔지
기쁨에 넘친 환한 얼굴로
그래 너는 그의 품에 안기었지

Rappelle-toi cela Barbara

Et ne m'en veux pas si je te tutoie

Je dis tu à tous ceux que j'aime

Même si je ne les ai vus qu'une seule fois

Je dis tu à tous ceux qui s'aiment

Même si je ne les connais pas

Rappelle-toi Barbara

N'oublie pas

Cette pluie sage et heureuse

Sur ton visage heureux

Sur cette ville heureuse

Cette pluie sur la mer

Sur l'arsenal

Sur le bateau d'Ouessant

Oh Barbara

Quelle connerie la guerre

Qu'es-tu devenue maintenant

Sous cette pluie de fer

De feu d'acier de sang

Et celui qui te serrait dans ses bras

Amoureusement

Est-il mort disparu ou bien encore vivant

그걸 기억하는가 바르바라
내가 너에게 반말을 한다고 서운해 말아라
나는 내가 사랑하는 모든 이들을 너라고 부른다
내가 그들을 본 것이 오직 한 번뿐이라 해도
나는 서로 사랑하는 모든 사람들을 너라고 부른다
내가 비록 그들을 알지 못한다 해도
기억하는가 바르바라
잊지 마라
그 얌전하고 행복했던 비를
너의 행복한 얼굴 위에
행복한 그 도시 위에 내리던 비를
바다 위에
해군 기지 위에
웨상의 배 위에 내리던 비를
오 바르바라
전쟁은 얼마나 바보짓이냐
이 무쇠의 이 빗줄기 속에서
피의 강철의 불비 속에서
이제 너는 어찌 되었느냐
너를 사랑스레 품속에 껴안던 그 사람은
죽었느냐 사라졌느냐 아니면 아직 살아 있느냐

Oh Barbara

Il pleut sans cesse sur Brest

Comme il pleuvait avant

Mais ce n'est plus pareil et tout est abîmé

C'est une pluie de deuil terrible et désolée

Ce n'est même plus l'orage

De fer d'acier de sang

Tout simplement des nuages

Qui crèvent comme des chiens

Des chiens qui disparaissent

Au fil de l'eau sur Brest

Et vont pourrir au loin

Au loin très loin de Brest

Dont il ne reste rien.

오 바르바라

지금도 브레스트에는

옛날처럼 끝없이 비가 내리지만

그러나 이제는 전 같지 않고 모든 것이 다 부서졌다

끔찍하고 참담한 애도의 비가 내린다

이것은 피의 강철의

무쇠의 폭풍우도 아니다

다만 개들처럼 쓰러지는 구름들일 뿐

브레스트에 내리는 빗줄기 따라

사라지는 개들처럼

브레스트에서 멀고 먼 곳으로 가서

죽어 썩으면

아무것도 남지 않는

개들처럼.

LE DROIT CHEMIN

À chaque kilomètre

chaque année

des vieillards au front borné

indiquent aux enfants la route

d'un geste de ciment armé

바른 길*

매 킬로미터마다
매년마다
머리가 꽉 막힌 늙은이들이
콘크리트처럼 굳은 몸짓으로
어린애들에게 길을
갈 길을 가리킨다.

---

* 기성세대의 경직된 세계관과 어린이의 때 묻지 않은 정신과 자유를
대비시키며 왜곡된 교육을 풍자하는 시.

HISTOIRE DU CHEVAL

Braves gens écoutez ma complainte

écoutez l'histoire de ma vie

c'est un orphelin qui vous parle

qui vous raconte ses petits ennuis

hue donc...

Un jour un général

ou bien c'était une nuit

un général eut donc

deux chevaux tués sous lui

ces deux chevaux c'étaient

hue donc...

que la vie est amère

c'étaient mon pauvre père

et puis ma pauvre mère

qui s'étaient cachés sous le lit

sous le lit du général qui

qui s'était caché à l'arrière

dans une petite ville du Midi.

Le général parlait

말[馬] 이야기

여보세요 벗님네들 내 하소연 들어 보소
내 살아온 이야기 좀 귀담아 들어 보소
부모 없는 고아가 하는 말이오
구사안 넋누리라오
이러이러⋯⋯ *

어떤 장군이 어느 날
아니 어느 밤이던가
하여튼 어떤 장군이
거느린 말 두 필을 죽였다오
그 말 두 필은 사실은
이러이러⋯⋯
삶이란 얼마나 쓰디쓴 것인가
그 두 필은 불쌍한 우리 아버지였고
그리고 불쌍한 우리 어머니였는데
침대 밑에 숨어 있었다오
장군의 침대 밑에
남프랑스의 어느 작은 마을
후방에 숨어 있던 장군의.
장군은 말했다오

---

* 말을 앞으로, 또는 오른쪽으로 모는 소리.

parlait tout seul la nuit

parlait en général de ses petits ennuis

et c'est comme ça que mon père

et c'est comme ça que ma mère

hue donc...

une nuit sont morts d'ennui.

Pour moi la vie de famille était déjà finie

sortant de la table de nuit

au grand galop je m'enfuis

je m'enfuis vers la grande ville

où tout brille et tout luit

en moto j'arrive à Sabi en Paro

excusez-moi je parle cheval

un matin j'arrive à Paris en sabots

je demande à voir le lion

le roi des animaux

밤이면 혼자서 말했다오
대개는 구차한 넋두리를*
그렇게 우리 아버지는
그렇세 우리 어머니는
이러이러……
어느 날 밤에 따분해서 죽었다오.

내겐 가정생활이 애초 거덜 나서
잠자리 탁자에서 뛰어나와
걸음아 날 살려라 도망쳤다오
모두가 다 빛나고 모두가 다 번쩍이는
대도시를 향하여 도망쳤다오
오토바이를 타고 도착해 보니 사비 앙 파로
미안해요 이건 말의 쓰는 말이에요
어느 날 아침 나막신 신고 파리에 도착**
동물의 왕이라는
사자를 좀 만나자고 면회 신청했다가

---

* 넋두리라고 번역한 'ennui'는 본래 권태, 따분함이나 골치 아픈 일을
뜻하는데 뒷줄의 "따분해서 죽었다오."에서도 같은 단어를 사용하여 의미를
변주시켰다.
** '사비 앙 파로(Sabi en Paro)'는 다음 줄의 "나막신 신고 파리에
도착(파리 앙 사보 Paris en sabots)" 철자만 자리바꿈한 말장난. 제목이 말의
이야기인 만큼 사람의 말을 말의 말로 하다 보니 이렇다는 것이다.

129

je reçois un coup de brancard

sur le coin du naseau

car il y avait la guerre

la guerre qui continuait

on me colle des œillères

me v'là mobilisé

et comme il y avait la guerre

la guerre qui continuait

la vie devenait chère

les vivres diminuaient

et plus ils diminuaient

plus les gens me regardaient

avec un drôle de regard

et les dents qui claquaient

ils m'appelaient bifteck

je croyais que c'était de l'anglais

hue donc…

tous ceux qu'étaient vivants

et qui me caressaient

attendaient que j'sois mort

콧잔등에
몽둥이 세례
전쟁 중이라
전생이 계속 중이라
나는 눈가리개로 눈 가린 채
바야흐로 징집되어 끌려가고 말았다오
전쟁 중이라
전쟁이 계속 중이라
물가는 올랐고
먹을 것은 귀해졌고
귀해지면 귀해질수록
사람들은 이상한 눈으로
날 쳐다보며
이빨을 덜덜 떨며
나를 비프테크˚라더군
난 그게 영어인 줄 알았죠
이러이러……
살아 있는 모든 사람들은
날 쓰다듬는 모든 사람들은
내 죽기만 기다렸죠

˚ 비프스테이크를 뜻하는 프랑스어.

pour pouvoir me bouffer.

Une nuit dans l'écurie
une nuit où je dormais
J'entends un drôle de bruit
une voix que je connais
c'était le vieux général
le vieux général qui revenait
qui revenait comme un revenant
avec un vieux commandant
et ils croyaient que je dormais
et ils parlaient très doucement.

Assez assez de riz à l'eau
nous voulons manger de l'animau
y a qu'à lui mettre dans son avoine
des aiguilles de phono.

Alors mon sang ne fit qu'un tour
comme un tour de chevaux de bois
et sortant de l'écurie
je m'enfuis dans les bois.

날 잡아먹으려고.

어느 날 밤 마구간에서
자고 있던 어느 날 밤
이상한 소리가 들려요
나도 아는 목소리가
그건 바로 늙은 장군이었어요
살아 돌아온 늙은 장군
늙은 사령관과 더불어
유령처럼 살아 돌아온* 늙은 장군
그들은 내가 자는 줄 알았던지
그들은 나직나직 말을 했어요
맹물에 끓인 쌀죽은 지긋지긋해
짐승 고기 좀 먹어 봤으면
이놈 먹는 귀리 속에
죽음기 바늘 한 줌 섞어 주면 될 터인데
그 말 듣자 내 몸속 피가
회전목마가 돌듯 한 바퀴 핑그르 돌아
나는 마구간을 뛰쳐나와
숲속으로 도망쳤소.

---

* '돌아오다.'라는 뜻의 동사 revenir의 현재분사 revenant은 '유령', '귀신', '오랜만에 다시 나타난 사람'이라는 뜻의 명사로도 쓰인다.

Maintenant la guerre est finie

et le vieux général est mort

est mort dans son lit

mort de sa belle mort

mais moi je suis vivant et c'est le principal

bonsoir

bonne nuit

bon appétit mon général.

이제 전쟁은 끝났고
늙은 장군은 죽었네
제 침대 속에서 죽었네
팔자 좋게 죽었네
그래도 나는 살았으니 그게 제일 중요해
그럼 안녕히
안녕히 주무시고
식사 맛있게 드시죠 나의 장군님.

JE SUIS COMME JE SUIS

Je suis comme je suis

Je suis faite comme ça

Quand j'ai envie de rire

Oui je ris aux éclats

J'aime celui qui m'aime

Est-ce ma faute à moi

Si ce n'est pas le même

Que j'aime chaque fois

Je suis comme je suis

Je suis faite comme ça

Que voulez-vous de plus

Que voulez-vous de moi

Je suis faite pour plaire

Et n'y puis rien changer

Mes talons sont trop hauts

Ma taille trop cambrée

Mes seins beaucoup trop durs

Et mes yeux trop cernés

Et puis après

Qu'est-ce que ça peut vous faire

Je suis comme je suis

난 본래 이런걸 뭐

난 본래 이런걸 뭐
난 본래 이렇게 생긴걸 뭐
웃고 싶을 땐
그럼 깔깔대며 웃지
나를 사랑하는 그이를 난 사랑해
그때마다 사랑하는 그이가
같은 이가 아닌 게
내 잘못인가 뭐
난 본래 이런걸 뭐
난 본래 이렇게 생긴걸 뭐
그 이상 어떻게 해
날 보고 어쩌라고

나만 보면 좋다는걸
그래도 어쩔 수가 없는걸
내 발굽은 너무 높고
내 허리는 너무 늘씬
젖가슴은 너무너무 단단하고
두 눈은 뚜렷해
아니 그래서
어떻다는 거야
난 본래 이런걸 뭐

Je plais à qui je plais

Qu'est-ce que ça peut vous faire

Ce qui m'est arrivé

Oui j'ai aimé quelqu'un

Oui quelqu'un m'a aimée

Comme les enfants qui s'aiment

Simplement savent aimer

Aimer aimer…

Pourquoi me questionner

Je suis là pour vous plaire

Et n'y puis rien changer.

나만 보면 좋다는걸
그래서 어떻다는 거야
나에게 생긴 일
그래 난 누군가를 사랑했어
그래 누군가 나를 사랑했어
서로 사랑하는 아이들이
그냥 그렇게 사랑할 줄 알듯이
사랑할 줄 사랑할 줄 알듯이……
왜 자꾸만 묻는 거야
나만 보면 좋다는걸
그래도 어쩔 수가 없는걸

PARIS AT NIGHT

Trois allumettes une à une allumées dans la nuit

La première pour voir ton visage tout entier

La seconde pour voir tes yeux

La dernière pour voir ta bouche

Et l'obscurité tout entière pour me rappeler tout cela

En te serrant dans mes bras.

밤의 파리

어둠 속에서 하나씩 불붙이는 세 개비 성냥
첫째 개비는 너의 얼굴을 골고루 보려고
둘째 개비는 너의 두 눈을 보려고
마시막 개비는 너의 입을 보려고
그다음엔 내 품에 너를 안고
그 모든 걸 기억하려고 송두리째 어둠.

L'AUTOMNE

Un cheval s'écroule au milieu d'une allée
Les feuilles tombent sur lui
Notre amour frissonne
Et le soleil aussi.

가을

오솔길 한가운데 쓰러지는 말 한 마리
그 위에 떨어지는 잎새들
우리들의 사랑이 떤다
그리고 태양도.

1900년   2월 4일 뇌이쉬르센에서 브르타뉴 출신의 아버지 앙드레
               프레베르와 오베르뉴 출신의 어머니 수잔 프레베르
               사이에서 출생. 아버지는 파리 보험회사 직원 겸 연극
               평론가.

1905년   후일 루이 아라공이 될 한 소년과 소꿉친구가 됨.

1906년   동생 피에르 프레베르 출생. 아버지의 재정적 곤란으로
               차압당하자 남프랑스 툴롱에 체류 후 파리로
               돌아옴(보지라르가). 아버지가 빈민 구제 본부에 근무.
               자크는 아버지를 따라가 빈민들의 생활을 목격.

1915년   학교를 떠나 각종 직장을 전전하며 호구.

1920년   뤼네빌에서 군 복무 중 후일 화가가 될 이브 탕기와 친교,
               터키에서 근무 중 마르셀 뒤아멜과 친교.

1925년   이브 탕기, 마르셀 뒤아멜과 제대 후 함께 살던 파리의
               샤토가에서 레몽 크노의 소개로 브르통, 아라공, 페레,
               데스노스, 레리 등의 초현실주의파 문인들과 만남.
               초현실주의 문학 운동에 가담.

1927년   샤를빌에 랭보의 동상을 세울 계획으로 마련된 크노의
               선언문 「허락하신다면……」에 서명.

1928년   초현실주의 그룹에서 탈퇴.

1929년   《과도기》에 「약간의 체면」 발표.

1930년   다무르의 광고 회사 근무. 반브르통 유인물 「시체」를
               바타유, 레리, 데스노스 등과 발표. 「가족의 추억」 발표.

1931년   《상업》에 장시 「파리-프랑스에서 하는 모가지 잘라먹기
               만찬회의 묘사 시도」를 발표하여 주목을 끌다.

1932-36년   극단 '10월 그룹'에 참가하여 활동. 단막극들을 쓰고 직접
               출연하기 시작. 1933년 노동자 연극 국제 대회에 「퐁트노이

전투」를 상연하기 위하여 모스크바행. 같은 시기에 그의
초기 영화 시나리오를 집필. 그가 작사한 노래들을 당대의
인기 가수 아네스 카프리, 마리안 오스발드 등이 불러
유행.

1932년　동생 피에르 프레베르와 영화 「사건은 자루 속에」를 제작.

1933년　작곡가 조제프 코스마와 친교.

1935년　장 르누아르 감독의 영화 「랑주 씨의 범죄」 시나리오 집필.

1936년　「허공에 쳐들린 지팡이」 발표. 아버지 사망.

1937년　마르셀 카르네의 영화 「이상한 드라마」의 시나리오 집필.

1938년　카르네의 영화 「안개 낀 부두」의 시나리오 집필. 미국 여행.

1939년　영화 「날이 밝아온다」 시나리오 집필. 징집되었으나 연령
　　　　초과로 면제.

1942년　카르네의 영화 「밤의 손님들」 시나리오 집필.

1943년　카르네의 영화 「천국의 아이들」의 시나리오 집필. 랭의
　　　　고등학생들이 프레베르의 첫 독립 시집 출판.

1945년　「약속」이 조제프 코스마 작곡, 롤랑 프티 안무, 피카소의
　　　　막, 브라사이의 무대 장치 및 사진으로 사라 베르나르
　　　　극장에서 발표됨.

1946년　첫 시집 『말(Paroles)』이 브라사이의 장정으로 푸엥 뒤 주리
　　　　사에서 간행됨. 첫 딸 미셸 출생. 『이야기』 출간.

1947년　『말』의 증보판 간행.

1948년　방송국 2층에서 추락하여 실신. 생폴드방스에서 요양, 정착.

1951년　갈리마르 사에서 『스펙터클』 출간.

1955년　갈리마르 사에서 『비 오는 날과 맑은 날』 출간.

1957년　뫼르트 화랑에서 프레베르 콜라주(스크랩 회화) 전시회.

1959년　「피카소의 초상」 밀라노에서 발행.

1961년　『이야기』 증보판 발행.

1963년　텔레비전을 위한 영화 「나의 형 자크」가 동생 피에르
　　　　프레베르에 의해 완료됨.

| 1966년 | 갈리마르 사에서 『잠동사니 무더기』 긴행. |
| 1977년 | 4월 11일, 평소에 늘 입가에 담배를 물고 지내며 하루에 담배 세 갑을 피웠던 그는 폐암으로 사망. 자신의 집이 있던 오몽빌라프티트 마을 묘지에 아내와 딸과 나란히 묻혔다. 묘지에서 멀지 않은 생제르맹데보에는 그의 친구들이 시인을 기려 조성한 정원이 있다. |

'대중적' 시의 참다운 가능성

김화영

가에탕 피콩이 "문학적 사건"이라고 부른 프레베르의 시가
하나의 시집으로 엮여 독자의 손에 쥐어지기까지는 이상하게도
15년이라는 긴 세월이 걸렸다. 이미 1930년대에 가장 중요한
장시들, 가령 「가족의 추억」이 폴 니장, 아이젠슈타인 등과 나란히
발표되고,(편집자는 "서른 살, 못된 프랑스 사람들을 위하여 못된
글을 쓰는 시인"이라고 프레베르의 약력을 소개했다.) 폴 발레리,
레옹 폴 파르그, 발레리 라르보가 주관하는 《코메르스》에 당대의
대시인 생존 페르스의 강력한 천거를 받아 「묘사의 시도」가,
1936년에는 "항상 우리들의 자유를 위하여 투쟁하는 영웅적이며
생명에 찬 스페인 민중에게 상징적으로 바치는"「허공에 쳐들린
지팡이」가 트리스탕 차라, 앙드레 말로, 장 지오노의 글들과 함께
발표되었다. 그 밖에도 프레베르는 이 잡지 저 신문 가리지 않고
곳곳에 기고했지만 자신이 시인이라고 자처한 바 없었다. 그냥
글을 쓰고 싶은 그때그때의 욕구와 충동, 그리고 기쁨만을 위해
글을 썼다. 르네 베르틀레에 의하면 프레베르가 사실 시인의
이력을 쌓게 된 것은 1940년대의 어느 날 자신과 프레베르가
한 친구의 소개를 받아 알게 된 어떤 우연한 사실로부터 생겨난
'뜻하지 않은 사고'였다. 당시 출판업에 손대려고 마음먹은
베르틀레는 프레베르 시의 매혹에 이끌려 뿔뿔이 흩어져 발표된
작품들을 오랜 시간에 걸쳐 한데 모으는 데 성공했다. 그것이
1946년에 발간된 시집 『말(Paroles)』이었다.
　　물론 그 이전에 《수상과 투쟁》을 주관하던 렝의 철학 교사
에마뉘엘 페이에가 지도하던 고등학생들에 의하여 프린트판의

지하 시집이 출간되었지만 200부 한정판에다 그 내용도 일부 시에 그친 것이었다.

아무도 출간을 생각지 않고 있던 시들을 한데 모은 『말』이 세상에 나오자 전문가들 사이에서 즉각적인 충격의 반응이 일어났다. 그러더니 삽시간에 전문가들의 테두리를 넘어 일반 대중 속으로 퍼져 나가 절대적인 인기의 대상이 되고 하나의 폭발적인 '사건'으로 등장하게 되었다. 불과 몇 주일 만에 5000부의 초판이 매진되었다. 당시 시집의 판매 실적으로서는 보기 드문 일이었다. 라틴 가의 한 서적상은 당시의 쇼크를 프레베르풍으로 회고한다. "내 삭은 시집에서 『말』은 판매 기록의 수위를 차지했지요. 정말 그때는 그 시집 수 입방미터를 팔았지요."

이와 같은 사실은 단순히 인기나 서적 판매라는 사회적 현상으로 본 것이지만, 그 뒤에는 사실상 전쟁을 겪는 동안 지하 운동시를 접한 바 있는 대중이 '대중적인 시'에 대해 품고 있던 갈구와 프레베르 시가 담고 있는 특이하고 친밀한 분위기가 한데 만난 다행스러운 결과였다고 할 수 있다.

티에리 모니에는 『프랑스 시 입문』에서 프랑스에서는 대중적 시인이 나오는 것이 불가능하다고 말했다. 하지만 오늘날에 와서 프레베르는 바로 그 불가능이 눈앞에 실현된 중요한 범례가 될 수 있지 않을까 한다.

가에탕 피콩은 이렇게 말한다.

마치 오랫동안 수세기 동안 묵은 박물관의 정교하지만 어둠침침한 방에서 드디어 밖으로 나와 거리의 신선한 공기를 마시는 듯한 기분이다. 그의 시는 누구나 쉽게 읽을 수 있다. 그 시의 형태 자체가 쉬운 것이어서 얼른 보아도 무슨 섬세한 문장이나 기교의 태를 부린 바 없고 연금술이나 난해 따위와도 상관없다. 초현실주의자로서의 과거로부터 프레베르는 우선 전통적인 글에 대한 멸시를,

즉 뿜어 나오는 듯하며 맑고 시원하게 흘러가는 말의
형식을 배워 간직하였다. 프레베르는 글을 쓴다기보다는
말을 한다. 그에게는 문체가 있다기보다는 어조가 있다.
사실 그의 몇몇 텍스트는 소리 내어 읽히기 위하여
쓰였다.(이리하여 프레베르는 오랜 침묵의 시대를 거슬러
올라가 구어시의 해묵은 전통을 만난다.) 그는 어떤
이미지나 감정의 희귀한 새를 잡기 위하여 미리 정성스레
짠 그물처럼 언어를 조직하는 것이 아니라 마치 말이 그를
찾아와 속에 잠긴 그의 분노와 멸시와 애정의 문을 열어
주는 것처럼 말한다. 그의 어조는 항상 자연 발생적이고
쉽고 태연하고 정열에 찬 것이어서 마치 어떤 억제할 길
없는 힘의 작용에 따라 말하는 사람의 어조이다. 그는
걸어가면서 말을 하는 사람처럼 글을 쓴다. 갑작스레
멈추어 서느라 말이 끊어지고, 때로는 속도가 빨라지고
광기에 사로잡힌 사람처럼 목소리가 높아지고 사랑에
넘친, 또 때로는 성이 난 몸짓이 동반된다. 이와 같은
자연스러움을 그는 종래의 시가 가진 인공적이고 정련된
형식과 구별시킨다. 그는 그의 시를 본능적이고 흥분이
담긴 형식으로 쏟아 놓는다. 프레베르에게는 민중 언어의
천분과 결합하는 그 본능적인 웅변이 담겨 있다. 민중
언어의 천분은 문법학 몇천 배 이상으로 행동적이다. 민중
언어의 천분은 언어적 창의력을 대중의 말 속에서, 그들
어휘의 우스꽝스러움, 그 표현의 뜻하지 않은 대담성,
창조와 젊음의 힘, 좋은 말과 저속한 말의 매력, 그의
돌출하는 기지의 해학, 주고받는 말이 가진 그 부정할 수
없는 신념으로 표현한다.

이처럼 대중의 호흡과 가장 밀착된, 가장 고아한 의미에서
'대중적' 시인인 프레베르의 시에 대하여 장황한 '분석'을 한다는

것은 프레베르의 시 정신에 어긋나는 것이리라. 그러나 하나의
민중, 특히 하나의 특정 언어(여기서는 프랑스어)의 호흡과
긴밀하게 연관되어 있는 이 '쉽고 자연 발생적인' 시가 번역으로
읽는 외국 독자에게 항상 쉽고 친밀한 것은 아닐지 모른다.
프레베르의 시 번역은 가장 상극적인 의미와 난해성을 가진
말라르메의 시 번역과는 다른 의미에서 문제가 많다. 이는 마치
매우 재미있고 특수한 유머를 다른 나라 말로 옮겨 놓았을 때
난해해지거나 그 원초적인 맛이 사라지는 경우와도 흡사하다.
프레베르의 시 중에서 어느 정도 직접 전달이 가능한 한도
내에서 선택하여 번역한 역자가 다수의 해설을 붙이게 되는
이유는 여기에 있다.

　　프레베르는 누구보다 뛰어난 항거와 해학의 시인이다. 시
속에 불의에 대한 항거와 반항의 목소리를 담은 시인은 물론
프레베르뿐만이 아니지만 기나긴 문화사를 통과하는 동안 그
항거의 목소리는 문화를 리드하는 사람들, 즉 유식한 시인의
어조로 표현되기 쉬웠고 그 결과 분노와 반항의 열기가 바로 그
분노의 대상이 된 사람들의 사치품이 될 우려가 없지 않았다.
'아름다운 시', '문학적 시' 속에서 분노의 옥타브는 다듬어지고
하강하기 쉽다.
　　프레베르는 이와 같은 현상에 착안하여 시 형식을 연구한
학자 시인은 아니다. 그는 저의 목소리를 저의 분노와 자연스럽게
결합시켰다. 그런 의미에서 시인 프레베르는 까다롭지 않았다.
르네 베르틀레가 그의 흩어진 시들을 모아 시집 『말』을 출간할
때, 시의 배열에는 프레베르 자신이 의견을 냈지만 행을
바꾸고 구두점을 찍는 문제 등에는 전혀 신경을 쓰지 않았다.
프레베르가 시를 낭독하는 것을 들으면 다만 숨을 멈추는 것이
행을 바꾸는 것을 의미하는 단순한 시법의 원칙 이외의 것은
없는 듯하다. 말하듯이 글을 쓰는 사람이 억눌린 자, 유려한 글을

쓸 줄 모르나 삶의 단순한 기쁨의 편에 서는 자의 분노와 반항을
노래할 수 있는 가능성은 더 많을 수 있다.

프레베르의 반항은 보통 그가 '그들'이라고 삼인칭 복수로
부르는 — 많은 사람들의 행복과 무관한 — 그러나 그 행복을
위해서 일한다고 자처함으로써 작고 따뜻한 저마다의 행복에
훼방을 놓고 삶을 재미없게 만드는 삼인칭 복수에게 향해지기
일쑤이다.

　　　하늘에 계신 우리 아버지
　　　거기 그냥 계시옵소서
　　　그러면 우리도 땅 위에 남아 있으리다

주기도문의 형식을 빌어 풍자한 「하느님 아버지(PATER
NOSTER)」에서 프레베르의 반종교적 성향은 한눈에 보인다.
아마도 이는 종교가 담고 있는 정신적 구원의 성격보다 유럽
사회를 지배한 사회 제도로서의 종교, 많은 불의에 가담하고
하느님의 이름으로 피를 흘리게 한 제도에 대한 서민의 반항이라
할 수 있다. 가령 「허공에 쳐들린 지팡이」가 표현하는 분노는
부분적으로는 프랑코 독재 정권과 결탁한 스페인의 종교계에
던지는 돌팔매인 것이다. 물론 여기서 한걸음 더 나아가, 치밀한
상하 관계로 짜인 일체의 서열 체제에 대한 풍자로 이 반항은
확대될 수 있을 것이다.

「허공에 쳐들린 지팡이」 속에 나오는 교황과 대주교의
대화는 곧 「자유 지역」에서 볼 수 있는 새와 군 지휘관과의
대화와 비교될 수 있다. 윗사람은 항상 옳고 아랫사람은 항상
틀린다는 이상한 논리를 배양하기 쉬운 모든 질서는 자유인
프레베르에게는 해학의 대상이다. 여기서 한걸음 더 나아가, 양차
세계대전을 경험한 프레베르에게 있어서 전쟁에 대한 혐오와

함께 전쟁을 직업으로 하는 사람들에 대한 멸시와 슬픔은 그의
많은 시에서 비통한 모습을 갖춘다. 그것의 가장 좋은 예는
아름다운 사랑을 파괴한 전쟁("전쟁이란 얼마나 바보짓이냐.")의
참혹함을 그린 「바르바라」일 것이다. 「가정적」, 「하느님 아버지」
역시 일상인의 기쁨을 앗아가는 이 "이상한 놀이"를 그린 것이다.

하느님, 신부, 용병들로 표현된 숨 막히는 질서, 그리고 작은
우리들의 행복과 무관한 '권위'에 대한 풍자는 거기에 그치지
않고 소위 '인텔리'라 불리는 지식인들에게도 겨누어진다. 그들도
프레베르에게는 삼인칭이다. "문제 따위는 없다. 다만 교수들이
있을 뿐이다.(il n'a pas de problèmes, il n'y a que des professeurs.)"는 이를
단적으로 표현한다. 어린아이의 자연 발생적이고 생래적인
자유와 행복의 의지를 가두어 두는 사람, 현재의 기쁨,
천진난만한 기쁨을 미래의 알 수 없는 행복의 약속에 희생시키는
사람의 상징으로 프레베르는 늘 '공부'만 시키는 교사를 교실의
어린아이들과 대비시켰다. 그 좋은 예를 「열등생」, 「작문」 등에서
발견할 수 있다. 시집 『스펙터클』에 수록된 「문필가」는 문인 역시
그 "이상한 놀이"에서 제외하지 않는다. 「나의 집에」의 중반부는
그 좋은 예일 것이다.

프레베르는 과연 정의보다 불의에 더 민감한 시인이다. 정의는
숨 쉬는 공기와 같아서 노래하지 않아도 있는 것이기 때문인지도
모른다. 아니 그보다도 세상에서 시인은 정의를 확인할
시간은커녕 불의를 고발할 시간도 모자라는지 모른다. 그러나 이
모든 반항과 분노의 목소리 속에는 증오란 없다. "나는 단 한 번도
증오란 말을 쓴 일이 없다."라고 프레베르는 말했다. 부정적인
항거의 목소리 속에는 그보다 더 많은 긍정의 힘이 뒷받침되어
있기 때문이다. 프레베르는 우선 사랑의 시인이다. 그리고 자유와
행복의 시인이다. 「바르바라」에서 볼 수 있는 참혹한 전쟁의 고발
뒤에는 아름다우나 파괴된 사랑이 있다.

내가 너에게 반말을 한다고
서운해 말아라
나는 내가 사랑하는 모든 이들을
너라고 부른다
내가 그들을 본 것이 오직 한 번뿐이라 해도
나는 서로 사랑하는 모든 사람들을
너라고 부른다
내가 비록 그들을 알지 못한다 해도

과연 「나의 집에」의 경우 언제 찾아올지 알 수 없는, 알지
못할 '당신'이 비어 있는 나의 집에서 모든 가장된 문명과 권위가
연극의 가면을 벗어던지면 '너'가 된다. 프레베르에게 사랑이란
'가정', '결혼' 따위의 질서에 속하는 것도 아니며 그 어떤 사랑의
이론, 혹은 더 승화되어 구원에 이르는 철학 체계도 아니다.
그것은 현재의 기쁨이며 소박하고 단순한 포옹 혹은 키스,
더 나아가서는 이 현재의 땅덩어리 위에서 반드시 죽어야 할
사람들이 생명과 젊음이 가득한 살을 서로 껴안고 추는 거대한
혹은 은밀한 윤무와 같은 것이다.
　프레베르는 그리하여 젊음의 시인, 티 없는 어린아이의
시인이다. 그래서 「하느님 아버지」, 「나의 집에」, 「크고 붉은」,
「옥지기의 노래」, 「이 사랑」 등에서 볼 수 있는 "옷 벗은 여자",
"어여쁜 처녀", "여름처럼 따뜻하고 싱싱한" 등이며, 짧은 시
「알리칸테」에 나타난 삶과 사랑의 기쁨은 단순하나 실은 생명 그
자체, 삶의 사랑이다. 이 사랑의 테마는 다시 '새', '어린아이', '꽃'
등으로 표현된 자유에 대한 강렬한 의지, 생의 근원적 기쁨의
찬미와 연결된다.

　끝으로 수많은 이름난 영화의 시나리오를 쓴 영화인
프레베르의 특성을 이들 시 속에서 찾아볼 수 있다는 점을

지적해야겠다. 이 시집의 처음에 소개된 「아름다운 계절」은
장소, 시간, 인물만 소개된 영화의 한 장면을 갑작스럽게 멈추어
놓은 것 같은 예이다. 「센가」 역시 흔한 멜로드라마의 한 장면에
구어체로 반복법을 구사한 작은 에피소드, 「귀향」은 신문의
1단 기사 같은 '이야기'를 재치 있게 엮은 일종의 단막 영화는
아닐까? 「아침 식사」가 보여 주는 단순한 묘사의 진행 속에
압축되어 담긴 드라마는 카메라가 집요하게, 그러나 객관적으로
쫓아가는 하나의 묘사를 통하여 집약적이고 경제적인 이미지를
구축한다. 「절망이 벤치에 앉아 있다」, 「꽃집에서」 등도 역시
동작을 정확하고 빠르고 담담하게 카메라처럼 묘사함으로써 그
속에 담긴 비극성을 부각시킨다. 그러나 무엇보다도 영화적인
기법이 시와 특이하게 결합된 것은 가령 12행시 「메시지」가
표현하는 서로 다른 동작의 몽타주일 것이다. 이름도 정체도 알
수 없는 동작주 '누군가'를 병치시키면서도 관계문의 선행사인
물질명사의 나열, 즉 카메라가 구체적 이미지 열두 개를
몽타주시킴으로써 어떤 비통한 드라마를 구성한 것은 놀랍다.
또 이 시는 그 치밀한 형식 — 전반 5행의 의문에 찬 도입,
도착하는 편지로 전기가 일어나는 6행, 다시 숨차게 진행되는
후반 6행의 동작, 마지막의 대단원을 이루는 죽음의 12행 등이
구사하는 상호 대칭적 구성 — 으로 볼 때 프레베르가 단순히
말하듯이 자연스럽게 시를 쓸 뿐만 아니라 그 구성과 몽타주
기술에서 거의 직관적인 감각으로 무장한 뛰어난 시인임을 보여
준다. 같은 방법으로 시 「첫날」, 「공원」 등에서 공간을 무한하게
확대, 축소하는 기하학적 과정을 통해서 시각적, 혹은 공간적으로
측정할 수 없는 사랑이나 생명의 값을 부각시킨 기법 등을
주목할 수 있으리라.

　　여기에 번역한 시들은 자크 프레베르의 첫 시집 『말』(갈리마르
사 간행, '폴리오' 문고)을 대본으로 삼아 그중에서 역자가

임의적으로 선택 번역한 것이다.

  역자가 젊음의 열기에 휘둘리기만 했던 삼십 대에 이 나라
처음으로 번역하여 소개했던 프레베르의 시집을 다시 펼쳐보니
곳곳에 잘못된 번역, 누락된 시행들이 눈에 띄어 몹시 민망했다.
민음사가 오랜만에 '세계시인선'을 다시 펴내는 기회에 모든
시들을 사실상 다시 번역하면서 일단 오역과 누락된 부분들을
바로잡았다. 그렇다고 만족스럽다고 여기기에는 아직도 모자라는
부분이 많다는 것을 인정한다. 그러나 시의 번역이란 것이
불가피하게 가지는 한계를 느끼면서도 프레베르 특유의 구어체가
가지는 자연스러움에 최대한 가까이 다가가려고 노력했다. 많은
독자들이 프레베르의 친구가 되기를 바란다.

세계시인선 27   절망이 벤치에 앉아 있다

1판 1쇄 펴냄 2001년 5월 20일
1판 3쇄 펴냄 2008년 3월 12일
2판 1쇄 펴냄 2017년 12월 30일
2판 4쇄 펴냄 2023년 8월 16일

지은이 　 자크 프레베르
옮긴이 　 김화영
발행인 　 박근섭, 박상준
펴낸곳 　 **(주)민음사**

출판등록　1966. 5. 19. (제16-490호)
주소 　　 서울시 강남구 도산대로1길 62
　　　　 강남출판문화센터 5층 (06027)
대표전화 　02-515-2000 　 팩시밀리 02-515-2007

www.minumsa.com

ⓒ 김화영, 2001, 2017. Printed in Seoul, Korea

ISBN 978-89-374-7527-6 (04800)
　　　978-89-374-7500-9 (세트)